Bibliotecária Submissa

ERIKA SANDERS

Bibliotecária Submissa e outras histórias

Erika Sanders
Series
Coleção Dominação Erótica

Sinopse

Bibliotecária Submissa é um romance com forte conteúdo erótico BDSM e, por sua vez, um novo romance pertencente à coleção Erotic Domination, uma série de romances com alto conteúdo romântico e erótico BDSM.

(Todos os personagens têm 18 anos ou mais)

Nota sobre a autora:

Erika Sanders é uma conhecida escritora internacional, traduzida para mais de vinte línguas, que assina os seus escritos mais eróticos, longe da sua prosa habitual, com o seu nome de solteira.

Índice:

BIBLIOTECÁRIA SUBMISSA E OUTRAS HISTÓRIAS
ERIKA SANDERS

BIBLIOTECÁRIA SUBMISSA

13

"Senhorita, você poderia fazer a gentileza de me mostrar onde estão os livros eróticos?" uma voz masculina disse atrás de mim.

Eu congelei, meus dedos fixos no teclado do meu computador.

Por um momento, fechei os olhos e engoli.

Senti os músculos inferiores dentro de mim se contraírem.

Senti meus mamilos endurecerem contra o cetim do meu sutiã.

Não foram suas palavras, foi sua voz.

Foi isso que ele fez comigo.

Continuei a ouvi-lo mesmo agora que ele havia ficado em silêncio, e isso despertou em mim o desejo da tão necessária libertação.

Foi muito tranquilo.

Como trufas de chocolate branco, minha panacéia, deslizando pela minha garganta.

Profundo, assim como quando eu...

Inspirei, liberando lentamente a respiração, meus dedos curvando-se agora enquanto tentava manter o equilíbrio.

"Eu ficaria feliz em ajudá-lo, senhor."

Soltei um suspiro suave, mas audível, e um gemido inconfundível.

Quando me virei, ouvi minha própria respiração aguda.

Ele estava parado do outro lado da recepção, ainda usando óculos escuros, os lábios firmes tremendo ligeiramente.

Percebi que queria sorrir.

Tracei as linhas de seu bigode vermelho e cavanhaque com meus olhos, minha língua se lançando para lamber meu lábio inferior enquanto tentava resistir ao movimento.

"Os livros eróticos, senhorita?"

Levantei os olhos, imaginando quais ideias passavam por sua cabeça.

"Sim, senhor, por aqui."

Contornei o balcão, meus joelhos tremendo um pouco.

Parei para recuperar o equilíbrio, me amaldiçoando por usar o salto alto preto hoje.

Eles seriam um inferno se descessem as escadas até o andar de baixo.

Senti o calor de seu corpo atrás de mim enquanto caminhávamos em direção à seção de referência.

Mantive minhas mãos fixas ao lado do corpo, querendo alcançá-lo.

Querendo estar no meu devido lugar atrás dele, deixando-o me guiar.

Mas mantive minha compostura profissional e comecei a percorrer as prateleiras das enciclopédias.

"Primeiro as damas", disse ele quando chegamos à entrada que levava ao andar de baixo.

Revirei os olhos, sabendo que ele não poderia vê-los.

Mas parte de mim desejava que ele tivesse feito isso.

Reprimi uma risadinha e agarrei o corrimão, iniciando a descida lenta.

Eu poderia ser uma garota má sempre que quisesse.

"Havia algo especial que você estava procurando, senhor?"

"A seção de romance erótico. Escrevi o nome que procuro em um pedaço de papel. Deixe-me ver se consigo encontrá-lo."

Havíamos chegado ao fundo sem acidentes, embora meu calcanhar tivesse batido duas vezes na borda dos estreitos degraus de metal.

"Novos ou usados, senhor? O resto dos livros novos também estão guardados aqui. Nós apenas os mantemos lá em cima por alguns meses."

"Novo, melhor."

"Então teríamos que ir por aqui", eu disse, virando à esquerda e seguindo por um corredor mal iluminado, minha frequência cardíaca aumentando a cada passo.

Sua respiração ficou mais pesada enquanto ele me seguia.

Nossos sapatos estalaram no chão do porão, o som abafado pelas estantes de livros ao nosso redor.

Acima de nós, uma luz zumbia e tremeluzia.

Fiz uma nota mental para relatar a lâmpada com defeito.

"Qual era o nome do livro?"

"Não consigo encontrar minha nota. Mas o autor começou com E e o sobrenome Sanders, Erika? Eu saberia o título se o visse."

Apontei para um conjunto de prateleiras do outro lado da sala.

"Talvez seja melhor começar por aí, então."

"Depois que você erra."

Senti sua mão nas minhas costas enquanto nos aproximávamos da seção correta.

Fechei os olhos brevemente, querendo gemer.

Parecia que já fazia muito tempo que não sentia seu toque, embora fosse apenas de manhã cedo.

Através da minha camisa, eu podia sentir o calor da sua pele queimando a minha.

"Eu poderia ajudá-lo a procurar se você pudesse me dar uma dica. Uma palavra, talvez?"

"Sexo. Acho que teve algo a ver com sexo."

Sua voz era um sussurro baixo em meu ouvido.

Então ele se pressionou contra mim, empurrando-me em direção a uma pequena mesa no final do corredor.

Quando não consegui ir mais longe, ele aumentou a pressão na parte inferior das minhas costas e me inclinou para frente.

"Mas meu interesse pela leitura está diminuindo agora. Prefiro experimentar."

Eu engasguei, agarrando a borda da mesa para me equilibrar.

Meus seios bateram contra a parte superior fria e dura.

Eu gemi ao sentir sua excitação através de suas calças e minha saia enquanto ele lentamente se esfregava em mim por trás.

Engoli em seco quando sua mão deslizou mais para o sul, acariciando minha bunda.

Agarrando-se à saia.

Puxando minha calcinha até os joelhos.

Quando seus dedos roçaram minha boceta, pressionando entre meus lábios inchados, eu chorei alto.

" Shhh "

Ele continuou a me acariciar tão lentamente que era enlouquecedor.

Sua outra mão brincou com meu cabelo, afrouxando o coque que ele havia colocado meticulosamente sobre ele esta manhã.

Mordi meu lábio inferior e descansei minha bochecha na mesa.

Chorei novamente quando sua mão desapareceu entre minhas pernas.

"Seja uma boa menina. Não se mova."

Eu o ouvi desafivelar o cinto e abrir o zíper da calça.

Eu ouvi seu suspiro suave enquanto ele provavelmente libertava seu pênis dos limites de sua boxer.

Ouvi meu próprio coração batendo descontroladamente em meus ouvidos.

"Agora lembre-se, senhorita, estamos em uma biblioteca. Ouvi dizer que existem regras rígidas sobre fazer barulhos altos. E a punição por quebrar essas regras... bem, tenho certeza que você está

ciente de quais são os deveres de ser um bibliotecário é e tudo mais."
".

Seus dedos acariciaram minha boceta novamente.

Mas algo não estava certo.

Ele também estava agarrando meus quadris com as duas mãos.

Gemi de alegria ao perceber que era seu pau me esfregando ali.

Um estalo alto soou quando atingiu meu traseiro nu, me fazendo pular e gritar.

"Eu lhe fiz uma pergunta, senhorita."

"E-me desculpe, senhor."

"Você está animado?"

"Sim senhor."

Ele avançou, seu pênis penetrando levemente enquanto ele balançava os quadris para frente e para trás.

Abri minhas pernas o máximo que pude, com minha calcinha ainda juntando meus joelhos.

Uma vez que ele estava completamente dentro de mim, ele moveu a mão para a parte inferior das minhas costas.

Ele enrolou meu cabelo solto na outra mão e puxou.

Gritei e olhei para a parede fria e cinza.

Ele tinha isso tão grande dentro de mim, me esticando.

Ele estava ofegante enquanto entrava e saía sem pressa.

Ele deu um tapa na minha bunda novamente e depois me inclinou sobre a mesa novamente.

"Esta é uma boa menina. Linda e apertada. Muito molhada. Exatamente como seu senhor gosta delas."

Eu gemi, meu corpo implorando para que ele me levasse ao clímax.

Mais uma vez, balancei-me contra ele, seguindo seu ritmo.

Isso me rendeu outro golpe.

"Não se mova, pequenino. Estou brincando com você. Você terá sua chance mais tarde. E cale a boca."

Tentei não fazer barulho.

Eu tentei muito.

Eu sabia que havia outras pessoas na biblioteca, mas normalmente ninguém descia ao porão.

Mas de todos os dias para alguém passear por aqui, hoje pode ser o dia.

E ainda assim, eu também queria que alguém nos encontrasse transando para que eu pudesse abraçar aquele exibicionismo escondido em algum lugar dentro de mim.

No entanto, quando ele mergulhou e puxou meu cabelo, não pude deixar de gemer e ofegar.

Gritando quando ele decidiu me bater.

Ele me fodeu por vários longos minutos.

Foi tão bom.

Porém, neste ângulo, ela não conseguia atingir o orgasmo.

E ele sabia disso.

Ele soltou minhas costas, ainda segurando meu cabelo, e deu um tapa na minha bunda.

Forte.

Sua voz sibilou quando ele perguntou:

"Você gosta disso, querido?"

Eu rosnei.

"Sim, senhor! Eu gosto muito"

"Sim, o que, pequenino?"

Isso me atingiu novamente.

Os sons agudos e a breve dor quando sua mão se conectou contra minha pele nua competiram com meus gritos.

Especialmente quando ele continuou a empurrar a sua grande pila para dentro da minha rata.

Eu não conseguia pensar.

Eu não conseguia falar.

"Estou esperando."

Outro golpe.

"Sim amo!" Eu suspirei.

"Boa menina."

Sua mão livre deslizou sob mim e acariciou meu clitóris.

Eu gritei enquanto meu corpo tremia.

Mas não foi tempo suficiente.

Sua mão desapareceu e de repente ele se retirou completamente.

"Levante-se, pequenino, e vire-se."

Minhas pernas estavam dormentes enquanto obedecia.

Encostei minha bunda na mesa por um momento, mas imediatamente me endireitei novamente, fazendo uma careta.

Achei que não conseguiria ficar sentado por algumas horas.

"Tire a roupa."

Abri a boca, mas fechei-a quando o vi inclinar a cabeça para baixo e olhar para mim através da borda dos óculos escuros.

Abri o zíper da saia e a tirei, baixando a calcinha no processo.

Desabotoei minha blusa, tirei-a e coloquei meu sutiã na pilha crescente no chão.

Ele olhou para mim com um sorriso nos lábios, sua língua de fora toda vez que revelava mais da minha pele.

Então ele afrouxou a gravata e a soltou.

Ele girou o dedo no ar.

Eu me virei mais uma vez.

Silenciosamente, ele pegou minhas mãos, puxando-as para trás e amarrando-as com a gravata.

Então ele pressionou meu ombro e eu o encarei novamente.

"Inclinar-se para trás."

Mordi meu lábio inferior, mas obedeci.

Minha bunda ainda estava muito dolorida, especialmente com a borda da mesa enterrando meus músculos machucados.

E agora, com as mãos amarradas nas costas também, eu não conseguia usá-las para sustentar meu corpo.

"Abra as pernas. Boa menina."

Ele descansou a mão esquerda no meu ombro direito para me equilibrar antes de cobrir minha boceta com a outra mão.

Fechei os olhos quando dois de seus dedos pressionaram entre meus lábios inchados, esfregando meu clitóris.

Deixei minha cabeça cair para trás e me afastei dele em direção à parede atrás de mim.

Ele forçou minhas pernas ainda mais afastadas e levantou minha boceta para que seus dedos pudessem acariciá-la mais profundamente.

Esqueci tudo sobre a dor.

E como eu ficaria vulnerável se alguém nos pegasse.

Só conseguia pensar em chegar àquele penhasco e cair de cabeça depois.

Ele estava subindo e subindo e subindo... gemendo enquanto eu balançava a cabeça.

"Oh, pequena. O que eu te disse sobre ficar quieta?"

Eu engasguei quando ele tirou a mão e me puxou para ficar de pé.

"Fique de joelhos."

Eu choraminguei quando ele me ajudou a ficar de joelhos.

Minhas mãos descansaram em meu traseiro dolorido.

As pontas da gravata roçaram a parte de trás das minhas coxas.

Eu ainda podia sentir a ardência de seu toque, o calor da minha pele onde suas mãos estiveram.

Minha boceta apertou com o vazio que estava lá agora.

"Abre a boca."

Inclinei a cabeça para trás e deixei cair o queixo.

"Boa menina."

Ele acariciou minha bochecha com as costas dos dedos por um momento.

Então ele colocou o polegar na minha boca, umedeceu-o com a minha língua e esfregou o dedo no meu lábio inferior.

"Você é tão adorável, minha senhora. Minha garota."

Com isso, ele levantou seu pênis e substituiu o polegar pela cabeça de seu pênis.

"Lamba."

Mostrei a língua e cobri a ponta com minha saliva.

Ele esfregou seu pau para frente e para trás e ao redor dos meus lábios.

E então eu gemi.

"Agora, o que vou fazer com esses barulhos que você está fazendo?"

Ele segurou meu queixo, puxou suavemente para me fazer abrir mais, e então deslizou seu pau em minha boca até que ele descansasse na minha língua.

"Sim, isso pode funcionar para fazer você calar a boca."

Pisquei, mas mantive meus olhos em seu rosto.

Em seu sorriso pude ver meu reflexo em seus óculos e gemi novamente.

Ele empurrou seu pau mais fundo na minha boca, me fazendo engasgar.

Ele retirou-se lentamente e depois entrou novamente.

Uma e outra vez ele encheu minha boca, sua pele dura esfregando contra meus lábios molhados.

Ele puxou completamente e bateu seu pau contra meus lábios algumas vezes.

"Respire fundo."

Fechei a boca e engoli, saboreando meus próprios fluidos e seu pré-gozo na minha língua agora, e então abri novamente.

"Que boa menina."

Ele começou a deslizar seu pau na minha boca novamente, com as mãos em cada lado da minha cabeça.

Depois ele empurrou as ancas para trás e para a frente, fodendo a minha boca como se tivesse a minha rata.

Ele continuou por vários minutos, agarrando meu cabelo com uma mão e segurando minha cabeça para trás.

De vez em quando, ele me dizia para chupar ou lamber só a coroa.

E ele parava às vezes, enterrando seu pau tão fundo que eu podia senti-lo na minha garganta e podia sentir suas bolas contra meu queixo, o cheiro picante de sua masculinidade invadindo meu nariz.

Ele se abaixou e beliscou meu mamilo ou acariciou meu seio várias vezes, mas nunca demorou muito, sempre enchendo minha boca com seu pau na profundidade e velocidade que eu desejava.

Eu choraminguei e chorei, mas os barulhos que fiz agora foram abafados.

E durante todo o tempo ele sussurrou palavras de encorajamento.

"Essa é a boa menina do seu senhor. Deus, é tão bom ter sua boca enrolada em meu pau. Sim, querido. Assim. Mmmm. Continue assim."

Com todo esse movimento, meus óculos escorregaram pelo nariz.

"Olhe para mim, pequenino. Oh querido, você é tão gostoso assim. Meu pau na sua boca, seus olhos em mim. Você está tão indefeso, à minha mercê. E aqueles óculos. Oh, merda!"

Ele fodeu-me mais algumas vezes, e depois senti o seu esperma quente atingir o fundo da minha garganta.

Ele segurou minha cabeça imóvel, seu pau pressionando contra minha língua e o céu da minha boca.

Quando ele terminou, ele disse:

"Lamba. Deixe limpo, querido."

Fiz o melhor que pude sem usar as mãos.

"Esta é minha boa menina."

Ele acariciou meu cabelo até ficar satisfeito.

Ele me ajudou a levantar e me sentou na mesa.

Antes que eu pudesse reagir, ele enfiou a mão na minha boceta e cobriu minha boca com a sua, silenciando meu grito de surpresa.

Sua outra mão cobriu um dos meus seios e finalmente acariciou meu mamilo dolorido sob a palma da mão.

"Goze para o seu senhor, baby", ele sussurrou enquanto me deixava respirar.

Então ele estava me beijando novamente, empurrando sua língua contra a minha ao mesmo tempo em que seus dedos brincavam com meu clitóris.

Dessa vez, escalei aquele penhasco e finalmente caí, meu corpo tremendo embaixo dele.

Ele engoliu meus gritos, seu corpo cobrindo o meu, me pressionando contra a mesa e a parede, até que fiquei imóvel embaixo dele.

Pisquei quando ele recuou, guardou seu pau no bolso e alisou suas roupas.

Ele me ajudou a levantar novamente e desamarrou meus pulsos.

"Vista-se, pequena. Arrume seu cabelo."

Peguei minhas roupas do chão atordoado.

Rapidamente prendi meu cabelo em um coque e ajeitei meus óculos.

Assim que me vesti novamente, ele segurou minha bochecha e sorriu para mim.

"Agora, sobre aquele livro que eu estava procurando..."

Limpei a garganta e peguei um livro aleatório da estante.

"Acho que este é o que você queria, senhor. Estava aqui à vista o tempo todo."

"Como você está certa, senhorita. Fico feliz que haja um bibliotecário competente quando você precisa de um."

"Quando quiser, senhor", sorri e saí das prateleiras. "A qualquer hora que você quiser, estou aqui para atendê-lo no que precisar."

DESEJO SEXUAL

27

Meu amor, quero que você sente na frente do seu computador e mostre uma imagem, uma peça visual, como uma bucetinha.

Não o rosto e o corpo, apenas os joelhos dobrados e as pernas abertas.

Com dedos longos e bonitos e elegantes que separam ligeiramente os lábios vaginais.

Imagine que eu entro e sento nesta mesa completamente vestido.

sapatos de couro preto de salto alto e bico fino em cada lado de você.

Você se inclina para trás e sorri e eu me inclino sorrindo também.

Levanto meu vestido preto fino e sedoso e você vê que falta minha calcinha e o brilho da minha umidade na minha fenda já é perceptível.

Você verá a ponta de um espartilho preto ao qual também estão presas as meias.

Levanto meu vestido com as duas mãos, puxo-o pela cabeça e revelo para vocês o espartilho de couro que tem apenas alguns centímetros de largura.

Meus mamilos estão eretos e altos, embora se projetem de cima.

Você se inclina, mas estou aqui para brincar com você e uso meus sapatos pontudos para mantê-lo onde está.

Vejo um pau visivelmente crescendo que precisa sair das calças e peço que você as desabotoe.

Corro minha língua ao longo de meus lábios ao longo de sua extensão, sorrindo, enquanto você desliza para baixo da calça.

A cabeça do seu pau sobressai da sua boxer e também tem um brilho um pouco exigente.

É assim por um bom motivo.

Esta visão do seu pau ereto de repente me excita e peço que você me lamba.

Você se inclina para frente e faz isso, separando levemente meus lábios para encontrar meu clitóris.

Você coloca na boca, então ele sobressai um pouco mais.

Eu só precisava daquele toque da sua língua para me animar.

Enquanto eu fico confortável, peço que você pegue seu pau com a outra mão e acaricie-o levemente.

Você faz isso, mas posso te dizer que você precisa de mais, isso não é suficiente.

Eu forço você a ficar de joelhos para levá-lo totalmente em minha boca, alternando lambidas da base para cima, de cima para baixo e de volta às bolas, lambendo o interior de onde fica a virilha.

Gostas do que vês quando estou ajoelhado, o meu rabo é tão fino quanto alguns centímetros de largura e o meu ânus é apertado e convidativo.

Levanto-me novamente porque estou chegando muito perto do clímax.

Eu te levanto e suas calças passam dos joelhos.

Você ainda está com os sapatos calçados, a gravata ainda amarrada, mas a camisa desabotoada até o fim.

Adoro precisar ver o máximo que posso da sua pele.

Agora que você está de pé, peço que me dê as costas .

Que você abra as pernas o suficiente para que eu me ajoelhe atrás de você.

A minha língua lambe as tuas pernas, lambendo as tuas bolas e até a fenda do teu rabo, lambendo e girando a minha língua à volta do teu ânus.

Tiro um vibrador da bolsa e pergunto se posso usar em você, mas antes que você responda, coloco na sua pele.

Com a minha boca tenho deixado saliva no seu cuzinho para que tudo fique lubrificado.

Eu coloco em velocidade baixa e passo sobre suas bolas e entre suas bolas e seu cu.

A minha outra mão passa entre as tuas pernas e agarra a tua pila, acariciando-a e abanando-a.

O vibrador é gostoso na sua bunda.

Coloco próximo ao seu ânus e deslizo uma das duas pontas, a fina, que é a minha preferida também.

Isso desliza e coloco a outra ponta mais para o centro, atrás das bolas, de novo, observando como a sensação te leva a outro nível.

Suas mãos estão segurando a mesa e seus olhos estão fechados cedendo ao que eu quero fazer.

Mas eu fico assim, acariciando um pouco enquanto deixo o zumbido te fazer pensar no que vai acontecer a seguir.

Paro abruptamente e digo para você se virar.

Você faz isso e seu rosto fica vermelho.

Você estava gostando muito disso e se aproximando do estado que deseja.

Mas prefiro desacelerar para te levar de volta à minha boca.

Estou com muito calor e estou perdendo um pouco de controle.

Então faço você se sentar novamente e me ajoelho na sua frente e peço que se acaricie, mas devagar.

"Acaricie-se, meu amor."

Enquanto me ajoelho na sua frente e me apoio nos calcanhares.

Ligo o vibrador e esfrego-o na parte externa da vagina, sobre o clitóris.

Isso me leva menos de um segundo para atingir o orgasmo.

Estou com minhas pernas e joelhos abertos e inclino minha cabeça para trás, espalhando minha boceta com as mãos querendo que você veja meus músculos do orgasmo se movendo.

Seguro o vibrador até terminar e os meus próprios sucos começarem a escorrer.

Eu olho para você e você está se masturbando, aumentando o ritmo.

O seu ritmo acelerou e é tão excitante que estou de joelhos, implorando-lhe que se venha por todo o meu rosto e peito.

E sim, certamente, é assim que você faz.

Vejo como os jatos do seu leite saem em minha direção.

Mas você acaba esguichando na tela do computador e no teclado

Nos despedimos até outra hora e você desliga a webcam.

BEM-VINDA UMIDADE

33

Glenn chega em casa depois de um árduo dia de trabalho e deixa sua pasta e casaco na porta.

Ele acha a casa estranhamente silenciosa, mas não presta muita atenção nisso e vai para o quarto.

Ao subir as escadas, ele sente o aroma maravilhoso do perfume de sua amada esposa, Susan.

Quando ele chega ao patamar, ele ouve sons fracos de música escapando pela porta de seu quarto.

Tomando cuidado para não fazer barulho, ele abre a porta lentamente.

"Susan?" Ele diz com uma voz masculina bastante profunda.

À medida que a porta se abre cada vez mais, a visão de seu corpo nu deitado na cama o faz estremecer.

"Sim, bebê." ela diz com uma voz sensual.

Ele começa a caminhar em direção à cama, mas ela manda ele parar.

Intrigado, ele obedece, sabendo que ela tem algo em mente.

Ela sai da cama.

Seu corpo se move com grande graça.

Ele não pode deixar de ficar fixado em seu seio delicioso movendo-se levemente enquanto ela caminha em direção a ele.

Ele sente seu pau endurecer enquanto seus pensamentos passam "Ela é tão bonita".

Ela estende as mãos e desfaz o cinto dele.

Também as calças, ele as desabotoa e abaixa.

Isso o faz tremer de excitação.

Como ela o vê tão animado, ela sorri e puxa sua boxer para baixo com uma necessidade faminta de chupar seu membro duro.

Ela gentilmente coloca as mãos em seu pênis agora ereto, acariciando-o lentamente.

Ele então mostra a língua e lambe a cabeça antes de colocá-la na boca.

Ele geme quando ela começa a chupar seu pau duro.

Movendo-o para dentro e para fora da boca cada vez mais rápido.

Então ele lentamente retorna a um ritmo baixo e gira a língua em volta da cabeça enquanto a acaricia com a mão.

Ele geme enquanto a mão dela acaricia a cabeça rosada do seu pau.

Então ela lambe as bolas dele até a ponta do pau.

Ela tira da boca e se levanta para beijá-lo apaixonadamente enquanto tira sua camisa.

Ele envolve seus braços quentes em volta dela, puxando-a para mais perto dele, sentindo os seios dela pressionados contra seu peito.

Enquanto eles se beijam, as mãos dele percorrem o corpo dela, sentindo sua pele macia sob as pontas dos dedos.

Suas mãos se movem sobre a bunda dela e ele aperta com força.

Ele a levanta pela bunda, envolvendo as pernas em volta da cintura e se move em direção à cama.

Ele gentilmente a deita e se move em cima dela.

Ele a beija profundamente, descendo até o pescoço e o peito.

Ele lambe lentamente o seio direito dela, aproximando-se do mamilo agora ereto.

Ele coloca o mamilo dela na boca e o chupa, mordendo-o suavemente.

Movendo-se para o outro seio, ele se abaixa e começa a esfregar seu clitóris, fazendo com que ela aumente a respiração e comece a gemer levemente.

Ele esfrega mais rápido enquanto beija sua barriga, concentrando-se em seu umbigo.

Ela sente que está ficando muito molhada e sua respiração acelera.

Ele beija seu lindo monte e depois substitui os dedos pela língua.

Chupando e mordendo suavemente seu clitóris.

Isso a envia em uma onda de prazer, gemendo.

Então ela insere um dedo que passa pelos lábios inchados de sua boceta e entra naquele lugar secreto e escorregadio.

Ele desliza o dedo para dentro e para fora lentamente e então rapidamente insere outro dedo enquanto ela geme.

Ele continua se concentrando em chupar seu clitóris enquanto seus dedos atingem preciosamente aquele lugar especial dentro dela que ele sabe que a deixa absolutamente louca.

Ela geme alto e sente uma sensação de formigamento na perna direita, subindo ao redor do corpo e saindo para a perna esquerda.

"Oh bebê!" ela geme: "Isso é tão bom!"

Glenn sabe que se continuar assim, ela definitivamente ultrapassará o limite, então ele diminui a velocidade e a beija de volta para devorar sua boca.

Eles compartilham um beijo apaixonado.

Suas línguas dançando juntas.

Removendo os dedos de sua boceta agora encharcada, ele começa a massagear seu seio direito.

Seus gemidos reprimidos pelos beijos.

O beijo é interrompido e ela sussurra em seu ouvido:

"Eu preciso de você dentro de mim, querido."

A menção de seu pau duro deslizando na boceta molhada de sua amante o faz grunhir de luxúria e ele se move em cima dela.

Abrindo as pernas dela com os quadris, ele se posiciona para penetrá-la.

Brincando com ele, ele insere apenas a cabeça e depois retira lentamente.

"Por favor, dê tudo para mim." Ela implora, mas ele prevalece e acompanha o ritmo do jogo, inserindo apenas a ponta e retirando quando ela começa a gemer.

Finalmente, em um momento inesperado, ele empurra seu membro duro até o fim para fazê-la gritar.

Ele começa a empurrar para dentro e para fora dela lentamente, com golpes longos e fortes.

Ele começa a acariciar com mais força e rapidez, puxando a bunda dela para uma penetração mais profunda.

"Oh Deus, você se sente tão bem dentro de mim. Eu te amo tanto quando você fode minha boceta."

Com isso ele rosna e se retira repentinamente.

Ele gesticula para ela se virar e ela rapidamente o faz com um salto de excitação.

Ele sabe que entrar nela por trás é uma de suas posições favoritas e também adora dar isso dessa forma.

Ele insere a sua pila nela e começa a empurrar com força e rapidez.

Ela geme alto, dizendo a ele mais alto.

Ele adora foder sua adorável esposa, então começa a ficar mais rude com ela.

Seu corpo e bolas batendo contra sua bunda agora vermelha.

Ela começa a empurrar de volta para suas estocadas, fazendo seu pênis ir ainda mais fundo.

Ambos gemem de prazer.

"Oh, vou ejacular, querida. Estás pronto para a minha ejaculação?"

"Oh, sim, querido, eu também vou gozar."

Mais algumas carícias e Susan grita de prazer e o seu corpo começa a tremer à medida que o seu orgasmo a domina.

Glenn sente as paredes de sua boceta começarem a ordenhar seu pau e ele não aguenta mais.

Rosnando o nome dela, ele atira seu esperma quente profundamente dentro de sua boceta agora cremosa e molhada.

Susan, exausta com a explosão, apoia-se nos cotovelos enquanto o sente disparar mais alguns jatos de esperma nela.

Satisfeito, e tentando não cair em cima dela, ele se retira lentamente de sua boceta e a agarra pela cintura, puxando-a para a cama com ele.

Eles se olham nos olhos, ambos nublados pelos poderosos orgasmos que acabaram de passar por seus corpos segundos atrás .

Uma satisfação de conhecimento mútuo permanece na sala enquanto os dois adormecem nos braços um do outro.

VESTIDA PARA A OCASIÃO

39

O silêncio da noite a rodeava, pressionando-a com sua serenidade, tentando acalmar sua ansiedade.

No entanto, isso não conseguiu acalmá-la.

Sentimentos desenfreados aos quais ela não estava acostumada e nunca havia experimentado antes percorreram seu corpo, deixando-a nervosa.

Seus saltos batiam suavemente ao longo do caminho pavimentado enquanto ela olhava para o céu.

Por que você vai lá esta noite?

Por que ela se vestiu daquele jeito?

Ela podia sentir o poder que seu olhar tinha sobre ela.

Ela suspirou e permitiu que sua mente parasse de pensar nos eventos que poderiam acontecer esta noite.

* * *

Parecia que todos os olhos estavam voltados para ela quando ela entrou no local.

Seus sapatos de salto alto estalaram no chão de madeira enquanto ela cruzava a pista de dança e se aproximava do bar.

A saia de sua roupa vermelha e preta balançava de um lado para o outro a cada passo, a faixa vermelha fluindo contra seu joelho enquanto a preta descansava alguns centímetros acima dele.

A blusa pendia folgadamente dos ombros até os seios, saltando apenas o suficiente para chamar a atenção a cada passo que dava e mostrando uma quantidade generosa de pele.

E sem sutiã.

Ela sabia como ela ficava com essa roupa.

Ela parecia uma vagabunda.

Ela finalizou o look com uma gargantilha de renda preta no pescoço e apenas um toque de batom vermelho.

Ele sentou-se entre um homem e uma mulher e sorriu para o garçom.

"Olá James."

"Samy. É bom ver você de novo." Ele deixou seus olhos deslizarem lentamente sobre seu rosto e seios. "Muito bom, na verdade. E para quem é a ocasião?"

Ela balançou a cabeça e sorriu, fazendo com que uma mecha de cachos caísse sobre sua orelha.

"Não há ocasião. Só tive vontade de me vestir assim."

Ele estendeu a mão por cima do balcão e colocou o cacho atrás da orelha dela.

Os dedos dele roçaram a lateral de sua bochecha e ela quase se esqueceu de como respirar.

"Você deveria se vestir assim com mais frequência."

"Talvez eu vá."

"Estarei saindo do trabalho hoje à noite por volta das onze. Você gostaria de dançar depois?"

Ela assentiu lentamente, incapaz de desviar o olhar dele.

Com uma precisão muito lenta, ele se inclinou sobre o balcão e levou seus lábios aos dela, aprofundando o beijo apenas o suficiente para fazê-la querer mais antes de se afastar.

"Cerca de vinte minutos."

***

Aqueles vinte minutos nunca pareceram mais longos na vida de Samy.

Ela observava tudo ao seu redor o tempo todo, consciente de cada movimento que ele fazia, mesmo sem olhar para ele.

Era como se seus sentidos estivessem sintonizados com seu corpo, mas ela ainda pulou quando ele a tocou na parte de trás do ombro.

Ele havia desabotoado a gola da camisa preta e sorria para ela, estendendo a mão.

"Acho que você me deve uma dança."

Quando ela colocou a mão na dele, foi como se uma pequena descarga elétrica percorresse seu corpo.

Ele sorriu enquanto a levava para um canto da pista de dança e então a puxava para perto de seu corpo enquanto a música mudava.

Era lento e sedutor, e a batida dele parecia combinar com o coração dela enquanto ela se pressionava contra ele.

E assim ela teve plena consciência dos contornos duros que ondulavam contra seu corpo macio.

Ela deslizou os braços ao redor dele, pressionando as mãos em suas suaves curvas traseiras enquanto eles balançavam para frente e para trás.

Ele se inclinou e pressionou os lábios contra os dela, separando-os suavemente e seduzindo-a com a língua.

Sua mão deslizou mais abaixo em suas costas, descansando em seu quadril, deslizando baixo o suficiente para acariciar uma bochecha de sua bunda enquanto ele puxava a parte inferior de seu corpo contra o dele.

Ela engasgou ao sentir o quão forte ele estava realmente pressionando contra ela e ela poderia jurar que o ouviu gemer.

Mas assim que ele fez isso, o outro garçom o chamou e ele suspirou, inclinando a cabeça para trás.

"Samy... já volto. Juro que voltarei. Não vá a lugar nenhum."

Ela assentiu um tanto tolamente enquanto se afastava da pista de dança e entrava em uma cabine isolada.

Ele observou James voltar para o bar e se inclinar sobre ele novamente, conversando com Joseph.

Joseph foi o barman substituto daquela noite.

Ele sempre assumia quando James se aposentava.

Quando ele viu uma loira alta e de pernas compridas se juntar a eles, ele percebeu uma coisa.

Ela não era esse tipo de garota.

Eu não tinha ideia do que estava fazendo.

James era o tipo de homem que sempre tinha qualquer garota disponível, qualquer garota alta, loira e super sexy.

E ela era baixa, morena e latina.

Ela saiu correndo.

O mais rápido e silenciosamente que pôde.

Ele foi em direção à porta e quando olhou por cima do ombro viu a loira se inclinar para perto de James e passar os dedos por seu braço.

Ela suspirou e balançou a cabeça enquanto continuava seu caminho.

Não seria bom parar e pensar sobre isso.

Seus pés estavam começando a doer por causa dos calcanhares, então ela os tirou e se afastou do caminho de paralelepípedos, deixando seus pés guiá-la até a beira do rio que ela conhecia tão bem.

Ele enfiou os pés na margem do rio e ficou olhando a água por um longo tempo.

"O que eu estava pensando?" Ela finalmente murmurou.

"Isso é o que eu gostaria de saber."

Ela quase gritou quando se virou.

James estava atrás dela, braços cruzados com raiva e franzindo a testa.

Mas a carranca foi lentamente substituída por uma expressão de confusão e preocupação.

"Samy, você está chorando. O que há de errado?"

Ela desviou o olhar dele e atravessou o rio até a outra margem gramada.

"Eu não deveria ter feito isso. Eu não deveria ter vindo ao bar hoje à noite vestida daquele jeito. Eu não deveria ter pensado que tinha uma chance."

"Samy, do que diabos você está falando?"

Ele se aproximou e colocou a mão no ombro dela.

Ela estava tremendo, ela estava com frio.

Ele rapidamente tirou o casaco e colocou-o sobre os ombros dela, movendo-se atrás dela para esfregar seus braços.

"Você estava linda aí. Acho que esqueci como tive que respirar quando você entrou."

"Eu vi as mulheres com quem você costuma sair. Não sou como elas, James. Não sou elegante ou super sexy. Não sou loira, nem alta, nem de pernas longas, nem tenho um corpo perfeito. gosto deles. Não tenho solução . "contra isso. Eu nem sabia o que estava fazendo." Ela terminou em um sussurro.

"Sério? Você poderia ter me enganado aí."

Ele a virou para si e se inclinou para frente, pressionando os lábios contra o pescoço dela.

Ela estremeceu.

"Seu corpo parecia perfeito quando você me pressionou contra você naquela pista de dança."

Ele estendeu a mão e segurou seu seio, traçando o contorno de seu mamilo através da blusa.

Isso a fez estremecer um pouco.

"Eles com certeza pareciam saber o que queriam fazer quando estávamos nos beijando e nos apertando."

Ele se inclinou sobre ela e a forçou a cair até que ela estivesse deitada no chão.

"Deixe-me mostrar a você, Samy. Deixe-me mostrar que você é mais do que pensa."

Os lábios dele deslizaram contra os dela antes de descerem por seu pescoço e por cima da blusa fina que cobria seus seios.

Sua respiração ficou presa na garganta quando os lábios dele encontraram primeiro um mamilo e depois o outro, sugando-os lentamente enquanto ela se arqueava ao toque dele.

Seus dedos encontraram habilmente a bainha da camisa dela e começaram a puxá-la lentamente para cima, provocando sua pele enquanto ela se revelava.

Ele levantou-o passando pelos seios dela e segurou-o logo acima deles enquanto beijava seu seio direito, saboreando sua pele.

Ela gemeu quando James finalmente levou os lábios até a crista do seio dela, pegando o mamilo entre os dentes e puxando-o suavemente antes de chupá-lo.

Ela gemeu ainda mais alto quando a mão dele começou a massagear o outro seio, rolando a palma da mão sobre o mamilo repetidamente.

"Você vê?" Ele respirou contra sua pele. "Você é a mulher perfeita".

Ele começou a beijá-la enquanto descia, traçando círculos ao redor de seu umbigo com a língua.

James sorriu para ela enquanto pegava sua saia e em vez de puxá-la para baixo, empurrou-a para cima.

A frente dobrou para trás e no momento seguinte ele estava dando beijos suaves e brincalhões ao longo de seu monte quente acima de sua calcinha.

Ela já estava molhada.

Ela podia senti-lo através da calcinha enquanto ele esfregava o nariz contra ela.

Ela tremeu debaixo dele e ele gentilmente acariciou seus dedos para cima e para baixo enquanto usava os dentes para deslizar sua calcinha para baixo.

Ele a beijou novamente, sem nenhuma barreira entre seus lábios e sua boceta.

Ele começou a deslizar a língua ao longo de sua fenda e ela gemeu, arqueando os quadris descontroladamente, de modo que ele pressionou a língua profundamente nela, traçando-a sobre seu clitóris.

Samy gemeu e arqueou-se contra sua língua, o prazer percorrendo-a enquanto ele roçava os dentes em seu clitóris e deslizava um dedo dentro dela.

"Eu menti", ele respirou contra seu clitóris. "Eu não esqueci apenas como respirar."

James gentilmente chupou seu clitóris, seu dedo entrando e saindo de seu aperto.

"Eu quase gozei só de olhar para você mais cedo."

Os dedos dela agarraram seu cabelo, e ele sorriu contra sua boceta enquanto deslizava um segundo dedo dentro dela, passando a língua sobre seu clitóris repetidamente até que seu corpo tremeu sob sua boca.

Seus dedos a acariciaram, dentro e fora, excitando-a, persuadindo seu corpo a responder até que ela balançou contra sua mão e língua.

"James," a voz dela quase vacilou enquanto se contorcia em sua mão. "Por favor, não pare agora!"

Suas palavras saíram em um tom suave e consciente, mas rapidamente aumentaram de volume enquanto ela gritava de prazer.

Ele mordia suavemente o clitóris dela e agora chupava-o com força, os seus dedos empurrando-a com força, atingindo o seu clímax.

Ele absorveu ansiosamente seus sucos e quando o tremor de seu corpo diminuiu,

Quando ele terminou, ele se moveu acima dela.

Ele sorriu e encostou a testa na dela, deixando seu corpo roçar no dela enquanto olhava em seus olhos.

"Eu te disse, você é tão mulher quanto eles, se não mais."

Seus olhos brilharam com algo que poderia ser dúvida quando ele olhou nos olhos de James, mas então ele deixou seus dedos percorrerem seu peito e descerem até a protuberância dura em suas calças.

"É por isso que você está tão difícil?

Porque sou uma mulher como eles?"

Os dedos dela roçaram para cima e para baixo contra seu pênis, e ele não pôde evitar o gemido que escapou de seus lábios.

No entanto, ele não teve chance de responder quando os lábios dela encontraram os dele e qualquer pensamento foi apagado de sua mente.

Os dedos dela deslizaram para o peito dele e ela habilmente começou a desabotoar a camisa dele.

Ela rapidamente puxou-o para fora da calça dele e empurrou-o para o lado enquanto tirava sua camisa completamente.

O botão da calça se abriu e o zíper deslizou quase sozinho.

Ela abaixou as calças e a cueca dele o suficiente para libertar seu pênis e envolveu-o com sua pequena mão, acariciando-o lentamente, de modo que ele gemeu e se pressionou ansiosamente contra a mão dela.

Ele gemeu de aborrecimento e se levantou, tirando as calças e a boxer em um movimento e virando-se para encará-la.

Ela agora estava de joelhos e sorriu para ele enquanto mais uma vez o envolvia com a mão.

Ele se inclinou sobre ela, dando-lhe carícias lentas, fechando os olhos.

No momento seguinte, no entanto, ele espalhou-os enquanto os lábios dela envolviam a sua pila, movendo-os lentamente para cima e para baixo do seu membro duro.

Ele agora colocou as mãos na nuca dela e lentamente começou a empurrá-la para dentro e para fora da boca, gemendo enquanto ela o chupava a cada movimento.

Não demorou muito para que os golpes suaves se tornassem rápidos e curtos, Samy o chupava com mais força quanto mais rápido ele movia a cabeça.

A mão dela acariciava as suas bolas, rolando-as para trás e para a frente enquanto a sua boca se apertava à volta dele.

Quando ela estava brincando com a língua na cabeça do pênis dele, ele explodiu em sua boca.

Ela engoliu rapidamente enquanto ele enviava sua carga para ela, pressionando sua boca e garganta contra seu pênis, fazendo-o gozar ainda mais forte e com mais jatos, até que finalmente se esgotou.

Ela deslizou o pau para fora da boca lentamente e deixou seu olhar cair no chão.

Ele caiu de joelhos na frente dela, colocando a mão em sua bochecha.

Eles estavam a apenas um passo de distância quando o dedo de James traçou o lado do rosto dela, mergulhando o dedo sob o queixo e levantando os olhos dela para os dele.

"Ainda não terminamos."

A voz dele era tão baixa que causou arrepios na espinha dela enquanto ela olhava para ele maravilhada.

Ele se inclinou e pressionou os lábios contra ela, aprofundando rapidamente o beijo.

Quando a língua dele deslizou por seus lábios, uma mão deslizou por trás dela, puxando-a contra ele para que ficassem carne com carne.

Os mamilos dela pressionaram contra o peito dele alegremente, e sua nova ereção pressionou com força contra a parte inferior do abdômen.

Ela se moveu e esfregou seu corpo ao longo dele lentamente, fazendo-o gemer enquanto o beijo se tornava febril.

Ele a deitou e deslizou a saia pelas pernas.

Ele olhou para ela por um longo momento antes de se mover.

Ele se inclinou sobre ela novamente e deu um leve beijo em sua barriga, logo acima do umbigo.

Ele sorriu contra sua pele quente e começou a beijar para cima, invertendo suas ações anteriores.

Seus lábios mal tocaram seus seios antes de pousarem em seu pescoço e acariciarem seus batimentos cardíacos.

Ele latejava entre as pernas dela, seu membro pressionando contra sua fenda molhada enquanto ela envolvia as pernas em volta da cintura dele e ele deslizava os braços ao redor dela.

Em um movimento rápido, James estava sentado com ela em seu colo e, se isso fosse possível, pressionando seu pênis ainda mais contra ela.

Ela se contorceu um pouco e ele gemeu.

Ele a beijou até chegar logo abaixo da orelha e puxou suavemente seu lóbulo.

"Diga-me, Samy, você quer?"

A respiração dele estava quente contra sua pele e ela estremeceu.

"Você quer meu pau grande e duro enterrado dentro de você?"

A resposta de Samy soou quase como um gemido enquanto ela se esfregava nele.

"Sim. Por favor, James, eu queria isso desde..." mas ela rapidamente parou, com as bochechas ainda coradas, e desviou o olhar.

James não tinha ideia disso.

Ele forçou seu olhar de volta para o dela e descansou sua ereção contra ela.

"Termine o que você estava dizendo."

Ela gemeu e suas unhas cravaram levemente em sua pele.

"Eu queria isso desde que te conheci."

"Então me diga o quanto você quer isso."

Não foi uma exigência, foi mais um pedido enquanto ele deslizava os dedos sobre os seios dela, massageando lentamente sua carne.

Ele podia sentir o calor dela irradiando contra o seu pau, e estava fazendo tudo o que podia para não simplesmente jogá-lo fora e pegá-lo.

A resposta dela o surpreendeu e destruiu todo o autocontrole que ele vinha usando.

"Eu não quero isso. Eu preciso disso, James."

Os olhos dela estavam fixos nos dele agora, e ele gemeu suavemente contra sua pele enquanto ela se apertava com mais força.

"Eu preciso tanto disso, sonhei com isso por tanto tempo. Por favor. Preciso que você me foda."

Eu não podia mais negar isso a ele.

Ele não conseguiu mais se conter depois disso.

Ele a levantou até que a cabeça de seu pênis fosse pressionada contra sua abertura e então rapidamente o deixou cair sobre ela.

Ambos gemeram.

A rata dela estava tão apertada à volta do seu pénis que quando ele começou a movê-la para cima e para baixo no seu membro, o seu comprimento duro parecia ainda maior envolto dentro dela.

Ela gemeu e usando as pernas como alavanca começou a saltar em seu pênis.

Seus seios saltavam livremente contra ele e seus mamilos acenavam para ele quando ele se inclinou para frente e começou a sugar.

Ela gemeu e começou a saltar mais rápido em seu pênis, empurrando-se repetidamente.

Seus lábios estavam provocando seus mamilos, puxando-os e sugando, depois passando a língua sobre eles e mordiscando enquanto ela balançava com seus saltos, gemendo contra sua pele, enviando vibrações através de suas mordidas.

Sua boceta estava tão molhada que a umidade escorria por seu pênis, e ele gemeu quando ela intencionalmente apertou sua fenda ao redor dele, fazendo-o resistir mais a ela.

Ele inclinou os dois para que ela estivesse de costas novamente na grama e começou a bater com força seu pau dentro e fora dela.

Samy gemeu ainda mais alto, suas unhas arranhando suas costas enquanto outro impulso forte a trazia de volta ao clímax.

O espasmo apertado à volta da sua pila rapidamente fez James ejacular também e ele bateu nela ainda mais depressa, grunhindo enquanto o seu esperma quente a enchia até se derramar pelas suas coxas.

Ele caiu para o lado, ofegante.

Ele então a puxou para si, dando beijos suaves na lateral do rosto dela.

"Agora, serão necessários mais cinco anos até que você tenha coragem suficiente para fazer isso de novo?"

Ele sorriu e beijou o canto dos lábios dela.

"Nunca, James."

Samy sorriu e roçou os lábios nos dele.

"Bom, porque não acho que conseguirei manter minhas mãos longe de você por mais de um dia ou dois."

A risada de Samy ecoou pelo lago, e James sorriu enquanto se sentava e a beijava profundamente.

Este poderia definitivamente ser o começo de algo muito interessante.

RECEPÇÃO INESPERADA

53

Glenn chega em casa depois de um árduo dia de trabalho e deixa sua pasta e casaco na porta.

Ele acha a casa estranhamente silenciosa, mas não presta muita atenção nisso e vai para o quarto.

Ao subir as escadas, ele sente o aroma maravilhoso do perfume de sua amada esposa, Susan.

Quando ele chega ao patamar, ele ouve sons fracos de música escapando pela porta de seu quarto.

Tomando cuidado para não fazer barulho, ele abre a porta lentamente.

"Susan?" Ele diz com uma voz masculina bastante profunda.

À medida que a porta se abre cada vez mais, a visão de seu corpo nu deitado na cama o faz estremecer.

"Sim, bebê." ela diz com uma voz sensual.

Ele começa a caminhar em direção à cama, mas ela manda ele parar.

Intrigado, ele obedece, sabendo que ela tem algo em mente.

Ela sai da cama.

Seu corpo se move com grande graça.

Ele não pode deixar de ficar fixado em seu seio delicioso movendo-se levemente enquanto ela caminha em direção a ele.

Ele sente seu pau endurecer enquanto seus pensamentos passam "Ela é tão bonita".

Ela estende as mãos e desfaz o cinto dele.

Também as calças, ele as desabotoa e abaixa.

Isso o faz tremer de excitação.

Como ela o vê tão animado, ela sorri e puxa sua boxer para baixo com uma necessidade faminta de chupar seu membro duro.

Ela gentilmente coloca as mãos em seu pênis agora ereto, acariciando-o lentamente.

Ele então mostra a língua e lambe a cabeça antes de colocá-la na boca.

Ele geme quando ela começa a chupar seu pau duro.

Movendo-o para dentro e para fora da boca cada vez mais rápido.

Então ele lentamente retorna a um ritmo baixo e gira a língua em volta da cabeça enquanto a acaricia com a mão.

Ele geme enquanto a mão dela acaricia a cabeça rosada do seu pau.

Então ela lambe as bolas dele até a ponta do pau.

Ela tira da boca e se levanta para beijá-lo apaixonadamente enquanto tira sua camisa.

Ele envolve seus braços quentes em volta dela, puxando-a para mais perto dele, sentindo os seios dela pressionados contra seu peito.

Enquanto eles se beijam, as mãos dele percorrem o corpo dela, sentindo sua pele macia sob as pontas dos dedos.

Suas mãos se movem sobre a bunda dela e ele aperta com força.

Ele a levanta pela bunda, envolvendo as pernas em volta da cintura e se move em direção à cama.

Ele gentilmente a deita e se move em cima dela.

Ele a beija profundamente, descendo até o pescoço e o peito.

Ele lambe lentamente o seio direito dela, aproximando-se do mamilo agora ereto.

Ele coloca o mamilo dela na boca e o chupa, mordendo-o suavemente.

Movendo-se para o outro seio, ele se abaixa e começa a esfregar seu clitóris, fazendo com que ela aumente a respiração e comece a gemer levemente.

Ele esfrega mais rápido enquanto beija sua barriga, concentrando-se em seu umbigo.

Ela sente que está ficando muito molhada e sua respiração acelera.

Ele beija seu lindo monte e depois substitui os dedos pela língua.

Chupando e mordendo suavemente seu clitóris.

Isso a envia em uma onda de prazer, gemendo.

Então ela insere um dedo que passa pelos lábios inchados de sua boceta e entra naquele lugar secreto e escorregadio.

Ele desliza o dedo para dentro e para fora lentamente e então rapidamente insere outro dedo enquanto ela geme.

Ele continua se concentrando em chupar seu clitóris enquanto seus dedos atingem preciosamente aquele lugar especial dentro dela que ele sabe que a deixa absolutamente louca.

Ela geme alto e sente uma sensação de formigamento na perna direita, subindo ao redor do corpo e saindo para a perna esquerda.

"Oh bebê!" ela geme: "Isso é tão bom!"

Glenn sabe que se ele continuar assim, ela definitivamente ultrapassará o limite, então ele diminui a velocidade e a beija de volta para devorar sua boca.

Eles compartilham um beijo apaixonado.

Suas línguas dançando juntas.

Removendo os dedos de sua boceta agora encharcada, ele começa a massagear seu seio direito.

Seus gemidos reprimidos pelos beijos.

O beijo é interrompido e ela sussurra em seu ouvido:

"Eu preciso de você dentro de mim, querido."

A menção de seu pau duro deslizando na boceta molhada de sua amante o faz grunhir de luxúria e ele se move em cima dela.

Abrindo as pernas dela com os quadris, ele se posiciona para penetrá-la.

Brincando com ele, ele insere apenas a cabeça e depois retira lentamente.

"Por favor, dê tudo para mim." Ela implora, mas ele prevalece e acompanha o ritmo do jogo, inserindo apenas a ponta e retirando quando ela começa a gemer.

Finalmente, em um momento inesperado, ele empurra seu membro duro até o fim para fazê-la gritar.

Ele começa a empurrar para dentro e para fora dela lentamente, com golpes longos e fortes.

Ele começa a acariciar com mais força e rapidez, puxando a bunda dela para uma penetração mais profunda.

"Oh Deus, você se sente tão bem dentro de mim. Eu te amo tanto quando você fode minha boceta."

Com isso ele rosna e se retira repentinamente.

Ele gesticula para ela se virar e ela rapidamente o faz com um salto de excitação.

Ele sabe que entrar nela por trás é uma de suas posições favoritas e também adora dar isso dessa forma.

Ele insere a sua pila nela e começa a empurrar com força e rapidez.

Ela geme alto, dizendo a ele mais alto.

Ele adora foder sua adorável esposa, então começa a ficar mais rude com ela.

Seu corpo e bolas batendo contra sua bunda agora vermelha.

Ela começa a empurrar de volta para suas estocadas, fazendo seu pênis ir ainda mais fundo.

Ambos gemem de prazer.

"Oh, vou ejacular, querida. Estás pronto para a minha ejaculação?"

"Oh, sim, querido, eu também vou gozar."

Mais algumas carícias e Susan grita de prazer e o seu corpo começa a tremer à medida que o seu orgasmo a domina.

Glenn sente as paredes de sua boceta começarem a ordenhar seu pau e ele não aguenta mais.

Rosnando o nome dela, ele atira seu esperma quente profundamente dentro de sua boceta agora cremosa e molhada.

Susan, exausta com a explosão, apoia-se nos cotovelos enquanto o sente disparar mais alguns jatos de esperma nela.

Satisfeito, e tentando não cair em cima dela, ele se retira lentamente de sua boceta e a agarra pela cintura, puxando-a para a cama com ele.

Eles se olham nos olhos, ambos nublados pelos poderosos orgasmos que acabaram de passar por seus corpos segundos atrás .

Uma satisfação de conhecimento mútuo permanece na sala enquanto os dois adormecem nos braços um do outro.

INSATISFEITA

59

Está uma manhã fresca.

Tenho que ir trabalhar, mas não tenho vontade de me levantar.

Deitado aqui, penso em amar você.

Posso ver seus olhos olhando para mim, sorrindo para mim.

Já posso sentir o calor crescendo na minha virilha.

Deslizo minha mão suavemente sobre meus seios, como se seus olhos a estivessem seguindo.

Meus mamilos respondem imediatamente, endurecendo.

Levanto o seio para sugar suavemente um mamilo em minha boca.

Sinto seus lábios se fecharem ao redor do outro mamilo e um gemido profundo escapa dos meus lábios.

Sinto o suco quando ele começa a deslizar de dentro da minha boceta.

Movo minhas mãos ao redor de minha barriga e depois desço até meu abdômen, imaginando suas mãos me tocando.

Deslizo lentamente meu dedo médio na umidade e no calor.

Aperto meu dedo como se seu pau estivesse enterrado dentro de mim.

Deslizando meu dedo para dentro e para fora, meus quadris começam a se mover em movimentos circulares.

Sinto meu dedo querendo mais da sensação que está sendo criada.

A palma da minha mão pegou o suco que agora sai da minha boceta.

Lambo o sabor doce da palma da minha mão e deslizo meu longo dedo na boca imaginando que é seu pau delicioso.

Envolvo lentamente a ponta do meu dedo com a língua como se fosse a cabeça do seu pau.

Movo minha língua ao longo do dedo, girando-o para pegar cada pedacinho de suco.

Fecho meus lábios firmemente ao redor da base do meu dedo e deslizo minha boca até a ponta e começo a trabalhar minha língua ao redor do topo do meu dedo.

O que você imagina que seu pau está enterrado na minha boca?

Observando minha cabeça se mover para cima e para baixo, sugando você profundamente em minha garganta com os músculos da boca trabalhando.

Estou chupando seu pau e você pode sentir minha língua e boca chupando você, assim como sinto que você chupou meus mamilos.

Minha língua se move por toda parte , meus lábios molhados se movem constantemente com a necessidade de sugar você com mais força, mais rápido e mais profundamente.

Estou muito animado com a ideia de sentir você enterrado em mim.

Pego no meu dedo e deslizo-o de volta para a minha rata, certificando-me de que está encharcado.

Tiro meu dedo e esfrego em toda a minha fenda e mergulho novamente para obter mais umidade.

Desta vez também esfrego meu buraco traseiro apertado.

Deslizo lentamente um dedo para dentro e o orgasmo é imediato.

Eu adoraria que você me fodesse com seus dedos e seu pau ao mesmo tempo.

Adoro a ideia de ser preenchido por você.

Eu rolo de bruços e começo a trabalhar meu clitóris com as duas mãos.

Movendo minhas mãos para meu estômago, pressionando firmemente meu doce monte.

Eu me fodo com as mãos até sentir aquela sensação começando.

A sensação começa no fundo e me faz apertar enquanto vou gozar novamente.

Movo meus quadris mais rápido, meus pés se curvando com a necessidade de explodir por dentro enquanto me fodo com os dedos.

Um gemido longo, profundo e gutural escapa quando chego ao clímax e explodo.

Exausta, deito-me de costas, penso no que acabei de vivenciar e fico excitada novamente.

Fico me perguntando "que feitiço é esse que você tem sobre mim"?

Nenhum homem me excitou tanto quanto você.

Eu vejo você em minha mente, o homem amoroso e sexy que você é.

Posso sentir seus lábios macios e doces nos meus.

A maneira como sua língua sedosa delineia meus lábios e a mordida suave de seus dentes.

A maneira como sua língua desliza profundamente em minha boca e prova o quão faminto estou por você.

A forma como sua língua envolve a minha e a doce troca de sua saliva se mistura com a minha.

Posso sentir sua boca quente enquanto ela se move em direção ao meu ouvido e o calor da ponta da sua língua enquanto ela entra.

O sussurro suave do meu nome traz uma onda de esperma directamente para a minha doce rata e a sua boca move-se para os meus mamilos duros e erectos.

Lentamente, sua língua circunda meu mamilo esquerdo e você sopra suavemente.

Você fecha a boca sobre minha dureza reativa e eu gemo.

Minha mão direita começa a deslizar sobre meus mamilos e levanto o seio esquerdo em direção à boca para sugar suavemente o mamilo, imitando a sensação de sua boca.

Lentamente, meus dedos deslizam pelas costelas em direção ao abdômen e os dedos longos e finos da minha mão alcançam meu doce clitóris.

Gentilmente, as pontas roçam o botão e meu dedo médio desliza para dentro, até a primeira junta, para sentir a umidade que se acumulou ali.

Deslizo meu dedo profundamente para liberar seu esperma e pego o suco de mel na palma da minha mão.

Lambo o suco da palma da mão, saboreando o gosto e o cheiro do sexo.

Deslizo meu dedo médio, até a primeira junta, na minha boca, imaginando que é a cabeça do seu pau.

Lentamente, a minha língua gira, saboreando novamente o sumo e sei que é o seu pré-cúmulo que estou a provar na minha língua.

Minha boca quente e úmida desliza sobre meu dedo, como se fosse seu membro quente e inchado.

Minha boca se fecha completamente e desliza até a ponta enquanto minha boca apertada suga apenas a cabeça imaginada do seu pau sedoso.

À medida que acelero o ritmo de foder o meu dedo na boca, quase consigo sentir a tensão nos seus tomates à medida que o esperma começa a subir.

Só com este pensamento, sinto a humidade a escorregar da minha rata e sei que tenho de me foder.

Eu rapidamente rolo de bruços, minhas mãos alcançando minha boceta.

Eu os pressiono com força contra meu monte, as pontas dos meus dedos encontrando meu clitóris.

Meus quadris começam a girar lentamente, girando e girando enquanto os músculos dos meus pés e pernas começam a ficar tensos e meus dedos trabalham minha doce boceta.

Vejo-te entrar por trás e imagino a tua pila, encharcada com os meus sucos e brilhando na humidade enquanto desliza para dentro e para fora da minha rata.

Oh, porra, estou tão excitado enquanto meus dedos e palmas pressionam com força... tão forte quanto podem enquanto chego ao clímax.

Meus pés e pernas estão cerrados, meu corpo estremece com a intensidade.

Eu me viro de costas imaginando seu pau doce e latejante dentro da minha boceta sedenta de porra.

Os músculos da minha boceta continuam a apertar como se estivessem sugando o esperma do seu pau.

E então sim, quase posso sentir essa sua língua quente enquanto ela desliza para cima e para baixo na minha fenda.

A tua boca fecha-se sobre os lábios da minha rata e o movimento rápido da tua língua faz-me ejacular na tua boca.

E você se levanta, monta em meu corpo e desliza seu pau encharcado de esperma em minha boca.

Saboreio o sabor de nossos sucos misturados enquanto chupo e lambo de forma limpa.

Desabo na cama, meu corpo ainda tremendo e formigando.

Que sentimento maravilhoso você me faz sentir com você.

FIM

65

www.ingramcontent.com/pod-product-compliance
Lightning Source LLC
Chambersburg PA
CBHW031426160726
47993CB00003B/1412